KB266373

_______________________ 님께

_______________________ 드림

글마을시선1 최상근 제3시집

탄천을 걸으며

최상근 시집

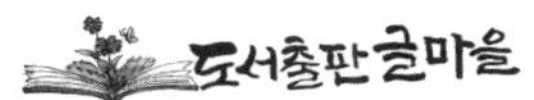
도서출판 글마을

세 번째 시집을 내면서

 등단하고 나서 다른 시인들 하는 것을 따라서 시집을 두 권 냈었다. 첫 시집 '꿈을 하늘에 매달아 놓았다(2009) 둘째 시집 '신촌로터리 시계탑의 미션(2011)' 그 이후 일상 생활에 파묻혀서 살다 보니 또 시집을 내야겠다는 용기는 사치 같았고 자신감도 받쳐주지 않았다.

 꼭 그랬다고 단정하기는 어렵겠지만, 대체로 지금까지 살아오면서 잘 모르는 것, 새로운 것, 어려운 것을 추구하면서 살아오지 않았을까 한다. 늘 불안하고 초조한 마음으로 새로운 상황을 맞닥뜨려 왔다. 독자 여러분들도 다 겪었듯이 우리나라가 과연 조용한 시절이 있었습니까? 자원은 부족하고 사람은 많으니 늘 먹고 사는 문제가 중요하였지요. 그래서 남보다 부지런해야 했고 남들이 안 하는 혹은 하기 싫어하는 일들을 해야만 겨우 입에 풀칠할 수 있었지 않나 싶습니다. 생존과 삶을 위해 숨 막히는 전투를 벌이다시피 살아왔다고 생각합니다.

 그러다 보니 남들이 겪지 않은 나만의 경험들이 많치 않았을까 생각해 봅니다. 지금도 젊은 사람들은 나름대로 새로운 세상을 만나서 힘겹게 살아간다고 생각하겠습니다만, 저는 평생 살아왔던 집단으로부터 내침을 받고서 마치 자유를 부여받은 것처럼 하루하루 살아가고 있습니다. 분당을 가로지르며 내달리고 있는 탄천을 걸으면서 생활하고 있습니다. 노인이 되면 가장 많은 돈을 신발에 투자한다고 하지요. 먹고 소화 시키느라 시도 때도 없이 걷는 것이 중요 일과이기 때문이라고 합니다. 저도 거의 매일 탄천을 걷고 있습니다. 소는 대충 씹어서 삼킨 다음에 그것을 다시 꺼내서 계속 씹는다고 하지요. 제가 탄천을 걸으면서 어렵사리 경험했던 그 옛날의 일들을 하나하나 소환하여 곱씹어보는 재미를 즐기고 있습니다.

이 시집은 그런 되새김질하는 과정에서 기록한 것들 중에서 일부 꺼낸 것입니다. 나름 저에게는 중요한 사건들이었고 뜻밖의 경험이었지만 그것들을 시로 옮기는 과정에서 저의 부족한 역량으로 인해 이해가 잘 안되는 부분이 많을 것 같습니다. 독자님들께서 지난날 겪으신 경험을 소환해 가면서 제 글을 읽어주시면, 새로운 각도에서 새로운 의미로 다가오는 별미가 될 수 있을지도 모르겠습니다.

제 글을 읽어주시는 독자님들께 남다른 행운이 있기를 바랍니다.

2026년 3월 31일

글쓴이 최 상 근 올림

■ **발간사** 세 번째 시집을 내면서 · 5

제1부 우정과 사랑 사이

1. 순천만 갈대 · 15
2. 소꿉친구들아 · 16
3. 햇빛의 맛 · 17
4. 친구야 · 18
5. 나의 목련아 · 19
6. 너는 왜 그랬니? · 20
7. 사랑의 눈빛 · 22
8. 인연 · 23
9. 돌려줄 수 없나요? · 24
10. 사랑의 색깔 · 25
11. 철쭉의 신세타령 · 26
12. 속살을 보여줘 · 28

제2부 로터리 돌고 돌고

1. 영원한 친구 · 31
2. 함박눈 내리는 동교동길 · 32
3. 이야기를 남겨놓고 · 34
4. 이야기의 색깔 · 35
5. 내 가슴은 들판 · 36

6. 그대라는 꽃 · 37

7. 살며 이야기하며 · 38

8. 옛날이야기 찾아 나서요 · 39

9. 작은 기울임 · 40

10. 엉뚱한 핑계 · 41

11. 동교동에 지금도 있을까 · 42

12. 동교동 여인아 · 43

13. 만남 연습 · 44

14. 우연 · 45

15. 흉터도 없는 상처가 · 46

제3부 돈아 돈아

1. 하라 · 49

2. 참이슬이여 · 50

3. 액자 · 51

4. 독 장사· 52

5. 돈 · 54

6. 돈주머니 · 55

7. 돈팔자 · 56

8. 돈의 미션 · 57

9. 물과 돈의 친구 · 58

10. 김선달식 사회 풍조 · 59

11. 길에는 역사가 흐른다 · 60

12. 행복은 어디서 오나 · 61

13. 내비게이션 · 62

14. 무사무탈 · 63

15. 돈에서 · 64

16. 돈만 보면 · 65

17. 저축병 · 66

18. 돈은 에너지 · 67

제4부 인생 뭐 별거 있나

1. 인생 뭐 별거 있나 · 71

2. 만남과 이별 · 72

3. 떠나가는 사람들 · 73

4. 갈래 · 74

5. 인생 그냥 가야 하겠지 · 75

6. 세월 따라서 · 76

7. 나는 먼지다 · 77

8. 바람아 불어라 · 78

9. 길은 없다 · 79

10. 미역국과 케이크의 관계 · 80

11. 술맛 · 81

12. 인생은 소풍 · 82

13. 강변 아파트 · 84

14. 나는 못이다 · 85

15. 세상살이 · 86

16. 연꽃 · 87

17. 연꽃의 뜻 · 88

18. 새우젓 · 89

제5부 지혜가 머무는 곳

1. 걸레 3 · 93

2. 섬 · 94

3. 바람 소리 물 소리 · 95

4. 나는 먼지다 · 96

5. 우면산 나무의 소망 2 · 97

6. 하얀 사마귀 · 98

7. 바닷물이 푸른 이유 · 99

8. 청룡산 진달래 · 100

9. A C 82야 · 101

10. 눈치 · 102

11. 북악산에서 · 103

12. 돌밭에서 · 104

13. 군자란 꽃대 · 105

14. 되새김질 · 106

15. 노구의 놀이터 · 108

16. 역삼각형의 시대 · 110

제6부 탄천에 길이 있다

1. 탄천에 가면 희망을 만난다 · 113
2. 탄천의 모습 · 114
3. 탄천에서 들리는 말소리 · 115
4. 탄천에서 세계로 · 116
5. 탄천에 자라가 산다 · 117
6. 탄천에 오리떼가 산다 · 118
7. 탄천에 길이 달라졌다 · 119
8. 탄천 풀밭을 개가 좋아한다 · 120
9. 탄천에 마스크맨 · 122
10. 강물이 흐르는 이유 · 124
11. 탄천에 나뭇잎 떨어지고 · 125
12. 백궁교에서 · 126
13. 새벽안개 · 128
14. 사랑도 풍경의 하나 · 129

제1부

우정과 사랑 사이에서

만나는 사람은 늘 좋은 사람이다. 친한 마음으로 대한다. 상대가 나를 어떻게 생각하는지 따지지 않는다. 시간이 지날수록 만나는 횟수가 늘어갈수록 우정을 키워간다. 그런 상대가 나를 떠나갈까봐 불안하다. 그래서 하는 수 없이 사랑하는 마음까지 준다. 그런 내가 불쌍해진다. 나비가 이 꽃 저 꽃 찾아가듯이 다른 사람을 찾아 나선다. 우정과 사랑의 마음을 감추고 돌아다닌다.

순천만 갈대

모양을 볼 수 없고
크기도 알 수 없는 바람은
이 작고 가느다란 내 몸을
사정없이 때리고 간다.
이내 돌아와 또 때린다.

이유도 말하지 않고
물어볼 새도 없이 바람은
이 작고 가느다란 나에게만
야단치듯 때리고 간다.
저 멀리 갔다가 돌아와 또 때린다.

부러지지 않기 위해
윗몸을 바람에 맡겨 흔들어 대고
땅에서 뽑히지 않기 위해
아랫도리에 힘주고 또 힘주어
모진 바람과 결투하듯 살아야 했다.

나는 순천만에 산다.
내 이름은 갈대이다.
나는 순천만 갈대이다.
나의 친구는 바다요, 바람이요
그리고 동백꽃을 좋아한다.

소꿉친구들아

불그스레한 동안의 얼굴을 가지고
소꿉장난하던 때 엊그제 같은데
내 마음 지금 이팔 청춘이고 싶건만
버얼써 처자 권속 주렁주렁 매달렸네

술 마시고 노래하고 밤을 지새우며
사랑, 인생, 신과 젊음을 논의하던
그 많던 소꿉친구들 어디로 갔는지
옛 노래만 구절구절 흐르네

잔잔히 흐르는 여인네 목소리에
지나간 추억들은 차례 없이 범벅되어 어지럽고
작금의 여러 고민 거리들은 앞다투어 나타나서
결정을 재촉하는 듯 왕왕거리네

햇빛의 맛

아침에 갓 나온 햇빛의 맛을 본다.
따뜻함보다는 상큼한 맛이다.

낮에 달구어진 햇빛의 맛을 본다
뜨겁고 먼지들도 보여 그저 그런 맛이다.

달을 위하여 세상을 물려주고 퇴근하는
햇빛의 맛을 본다.
아무런 불평 없이 물러가 주는
깨끗한 마음씨로 아름다운 맛을 본다.

겨울 아침 햇빛의 맛을 본다.
뜨겁지도 않고 가까이서 친구같이 다정한 맛이다.

친구야

각자 자기 동네에서 살다가
때때로 만나서 제 이야기하며
서로 새로운 것을 배우며 이끌어주는
믿음과 정이 쌓여 있는 사람들
친구야

아무리 오랜 시간 함께하고 있어도
지루하기는커녕
즐겁고 신나는 스토리와 함께
행복 충만한 시간을 꾸려가는
친구야

지난 시절 이야기도 재미나고
지금 사는 이야기도 흥미 있고
향후 살아갈 이야기도 신바람 나는
보약같이 힘 솟게 하는
친구야

언제나 늘 행복하고 건강하게 살면서
자주 만나서 함께 하자
친구야

나의 목련아

힘든 한 주간 보내고 맞은
주말 아침
베란다에 서서 밖을 보니
그 추웠던 겨울 내내 삼 층 높이까지 자라나서
눈부시게 환한 빛살 비추는 목련아!
너의 자태가 그리 아름다운 줄 몰랐다.

서로 쳐다보며 대화를 나눈 지 얼마 되지 않았는데
내일부터 온다는 비가 내리게 되면
너는 떠나야 하겠지?
분별없이 바쁜 내 생활이 유감이로구나
목련아!
우리 인연이 이토록 짧을 줄 몰랐다.

너는 왜 그랬니?

'너는 왜 그랬니?'
그대는 심각한 표정을 지으면서
'우리 영원히 친구로 지내자'라고 했어
그것은 그대가 정한 우리의 길이었어.
나는 그대가 정한 그 길을 평생 걸어왔어.
한 번도 어긋나지 않고 그 길을 걸어왔어.
나는 바보야

'너는 왜 그랬니?'
그러니까 우리는 계속 함께 걸었지만
그 길은 평행선이라
한 번도 만나지 않는 길이었어
이제 우리는 그 길 위에서 다 늙었어
그리고 그 길을 가다가 그 길 위에서 죽겠지
나는 바보야

'너는 왜 그랬니?'
그대가 정한 이 길은 언제 끝나나
왜 그대는 이렇게 힘든 길을 가자고 한 거야
한 번도 만나지 않는 그 길을

멈추어 서도 안되고 뒤돌아봐서도 안 되는 그 길을
그냥 가기만 해야 하는 그 길을
나는 바보야

왜 그 길로 가자고 한 거야?

사랑의 눈빛

저 멀리 산 너머
뜨거운 열기가 하늘로 치솟아
구름이 되고
마침내 서늘한 다른 구름 친구를 만나
비가 되어 다시 땅으로 내려왔다.
얼마나 긴 시간이 걸렸을까요?

아주 먼 옛날 젊은 시절에
그대의 강렬한 눈빛을 보았으나
나 홀로 이런저런 인생을 살다가
백발에 주글주글한 얼굴 되어
어렴풋이 사랑으로 피어나는 듯하더라
이 얼마나 긴 시간이 걸린 일인가?

인연

너와 나
뚜렷한 관계가 이어지지 않았으니
인연이라 말할 수 없겠지?
매일 만나는 친구도 아니고
'여보, 당신'하는 부부가 아니라면
인연이라 말할 수 없겠지?

그러나 만약에
너와 나의 가슴 속에
서로에 대하여 따듯한 열망이 남아 있다면
아니 차가운 감성이 있다면
인연이라 말할 수 없을까?
아직도 살아 있는 인연이라 말할 수 없을까?

돌려줄 수 없나요?

당신은 아시겠지요?
내가 당신을 사랑했다는 것
그리고 나와 함께 했던 시간을
그런 당신은 아무런 말도 없이
그냥 다 가지고 가버렸지요
그런 사실도 나는 까맣게 모른 채
'올 거야. 올 거야' 하면서
기나긴 세월을 먹먹하게 흘려보냈어요

가끔 멈춘 듯 때리는 듯
힘들어하는 가슴을 부여잡고 주저앉아
하얀 웃음을 지으며 나타날
당신을 기다렸어요
당신을 원망했어요
돌아오지 않으려면
그 옛날 내가 당신에게 준
나의 사랑을 돌려줄 수 없나요

당신도 없는 세상
사랑도 없는 세상
내가 너무 불쌍하지 않나요?

사랑의 색깔

사랑은
온몸 구석구석 땡기며 아프고
구슬땀 식은땀 흘리고 나서
정상석과 마주치면서
기쁨의 굉음을 내는
등산과 같이
꼭 정복하겠다는 마음과 같은 것으로서
작은 유혹에도 흔들리지 않는
누구도 지울 수 없는 그런 색깔일 것인 바
아마 그렇다면 검정색일 것이리라
그래서 그런가
사랑과 흑심은 늘 같이 붙어 다니던데

철쭉의 신세타령

사람들이여 지난 겨울은 정말 추웠습니다.
봄이 왔다고 생각했는데도 또 춥고, 바람도 세게 불고
눈발도 날리니
나의 계산이 틀렸나 했습니다.
이런 생각 저런 궁리 끝에
예년보다 사뭇 늦게야 꽃을 피울 수 있었습니다.
내가 보라색 꽃을 피우기 위하여
여느 해보다 무척 힘들었습니다.

그래도 사람들이 엄청 찾아와
시끄럽게 떠들면서 지나갔습니다.
이햐! 철쭉 좀 봐라.
정말 아름답다. 하면서 말입니다.
이 맛에 우리 철쭉들은 긴긴 겨울을 버텨내고
용을 써서 보라색을 만들어 냅니다.
사람들도 알다시피,
보라색은 쉬운 색이 아닙니다.
새로운 세상을 여는 색이랍니다.

둘째 날이었습니다.
어떤 중년 남자가 걸어오고 있었습니다.

“카악! 캬악!”하더니 “퉤!”하는 소리가 났습니다.
그와 동시에 약간 누런 해파리 같은 이상한 물체가
얼굴에 떨어졌습니다.
숨을 쉴 수가 없었습니다.
아무리 몸을 흔들며 애써봐도
그 이상한 물체는 떠날 줄을 모르고
점점 내 몸속으로 들어오기까지 하였습니다.

옆에 친구들은 이상한 냄새가 난다고 싫어했습니다.
나는 점점 힘을 잃어갔습니다.
그렇게 기다리던 태양이 떠올랐지만
나에게는 더 나빴습니다.
다들 좋아라 떠드는 행복한 봄날에
나 혼자만 비를 기다리며
그렇게 그렇게 할딱거리며
“왜 나만!”하며 아름다운 보라색꽃을 접어야 했습니다.

속살을 보여줘

지난 겨울
하얗게 세상을 덮어버리는 눈
별로 없었어요
덕분에
불곡산의 속살을 실컷 봤습니다
정까지 들어버린 것은 아니지만
우수 경칩 지나면서
이 불곡산이 속살을 슬금슬금 감추고 있네요
다시 속살을 보려면
열달을 기다려야 한다는 생각에
아쉽다는 생각마저 들어요
속살
아무 때나 볼 수 없다는 사실을
어렷을 때엔 몰랐어요.

제2부

로터리 돌고 돌고

변하지 않는 것은 없다. 길도 변한다. 지금부터 50년 전쯤 있었던 길 이야기이다. 신촌에 가면 오거리 길을 감안하여 로터리가 있었고 그 가운데 대형 시계탑이 있었다. 그 시계를 보면서 아침에는 뛰고 저녁에는 느긋하게 걸었다. 돌고 돌아 계속 걸어가면 동교동이 나온다. 그 동교동에는 삼거리 길을 감안하여 로터리가 있었다. 그 동교동에서 아주 가까운 연남동에서 숙식을 했던 시절이 있어서 그 익숙한 동교동을 소환해 본다. 지금은 두 로터리가 없어졌지만, 나의 뇌판에 새겨져 있는 신촌 로터리와 동교동 로터리는 드라마틱한 추억이다

영원한 친구

"우리 영원히 친구로 지내자"라는
그대의 중대 선언

너무나도 당연한 이야기라
나는 시큰둥했고
별다른 문제의식이 없었어

갑자기 "친구로 지내자"라는 말에
또 다른 깊은 뜻이 있을 것이라 생각하지 못하고
그냥 함께라는 생각에 빠져 있었나 봐

얼마 후 대학을 졸업하고
각자의 길을 떠난 그대와 나
단 한 번의 만남도 없이
오십 년이란 세월이 지나가 버렸어.

그러니까
우리는 영원히 친구로 지낸 것일까?

함박눈 내리는 동교동길

어른이 되는 게 싫었던 어린 시절이 있었어
밑도 끝도 없이 그냥 어른이라는 이유로
미성년자가 아니니
모든 일에 책임을 져야 한다는 생각이 무서웠어
더군다나
자신의 인생을 스스로 만들어가야 한다는 문제는
그야말로 공포의 삼각이었어.

그런 생각 저런 생각으로 머리가 무거웠던 시기에
당장 해결해야 하는 문제
평생 다니라고 해도 좋을 대학에서
이 겨울이 지나면 나가달라는 졸업 선고를 받고
어디로 가야 하나 누가 나를 불러 줄까
쉬엄쉬엄 걸어가는데
솜방울 같은 눈이 내리고 있었어.

날씨는 춥고 눈은 내리는데
계속 걷기만 한다는 것은
다른 사람 보기에 불쌍하다고 생각할 것 같은 느낌
우리는

동교동 지하 다방에 들어갔었다.
그 흔한 다방 커피 한 잔씩 시켜놓고
늦은 저녁 시간에 아무 말 없이 앉아 있었어

담배 연기 한 모금 우물우물하다가
살짝살짝 내뱉으며 만들어지는 도넛에
아무런 눈길을 주지 않던 너
침묵의 시간이 너무 길어서 힘들었을 너
"우리 영원히 친구로 지내자"라고
대법원 판사처럼
갑자기 결론을 내려버렸어.

이야기를 남겨놓고

아주 오래전에
맑고 깨끗했던 청춘 시절에
그대가 나에게 한 말들
내가 그대에게 한 말들
그러니까 우리들의 이야기

청춘 시절을 멀리멀리 남겨놓고
그대와 나는 노인들의 세상으로 왔어
우리들의 이야기는 사라져 버린 거야
우리들의 이야기는 우리를 따라오지 않은 거야
그럴까?

이야기의 색깔

너와 나의 이야기
청춘 시절에 생겼다가
청춘 시절에 끝나버린 우리들의 이야기

푸른 색깔 그대로
이어오지 못했지만
하얀 색깔로 다시 이어갈 수 없을까?

내 가슴은 돌판

젊었을 적 내 가슴은
단단한 돌판이었다고 고백합니다.
어떤 달콤한 말을 던져도
어떤 쓰디쓴 말을 던져도
그냥
튀었다가 다른 곳에 떨어질 뿐

그대가 나에게 던진
달콤한 사랑 이야기 같았던 메시지도
영원히 친구로 지내자는 선언도
돌판 같은 내 가슴을 때렸으나
그냥
튀어나갔을 뿐

우리들의 이야기는
가슴을 때리고 먼 곳에 떨어져
오랜 시간
찾는 이 없이
딱딱한 돌이 되었나 봅니다.

그대라는 꽃

그대와 나의 이야기
비록
청춘 시절에 시작은 있었지만
오래도록 이어지지 못하고
반백 년 지난
오늘날 다시
나의 가슴 속에서
그대라는 아름다운 꽃으로
새롭게 피어났어요
함께 아니어도
이 그대라는 꽃을
오래도록 키워 보겠습니다.

살며 이야기하며

높은 산 낮은 산
따로따로 치솟은 것 같더니만
더 높은 하늘에서 바라보니
여기저기 끊어진 듯 다시 또
이어진 듯 보인다.

일 갑 이 갑
긴 세월 살다 보면
우리들의 이야기도 산처럼
끊어지고 다시 이어지고
그러면서 살아가면 어떠한가?

옛날이야기 찾아나서요

세월은 덧없이 흐르고
세상은 쉼 없이 변한다
따라잡지 못하고 삶에 지친 사람들이여
예부터 그냥 그대로 남아 있는
새롭지 않은 것들을 찾아서
인간의 삶과 생존의 의미를 곱씹어 보지요

반백 년 동안 다른 세상에서 살아온
그대와 나
각자 인생을 통하여 변하였겠지만
젊은 시절 우리들의 이야기는
어쩌면 우리네 인생의 전형일지도 몰라.
함께 곱씹어보는 것은 어떨까요?

작은 기울임

평평한 식탁 위에서
삶은 계란이 굴러간다
우리 눈으로 알아보지 못한
그 작은 기울임 때문에
둥글지도 않은 계란이 굴러간다

평평한 듯한 땅 위에서
물이 흐르고
돈도 흘러가고
사람도 흘러간다
모든 것이 흘러간다.

작은 기울임이 얼마나 무서운가?

엉뚱한 핑계

오랜 시간
나 없이 기다리며 살아야 하는
그리움이라는 아픔을
차마
그대에게 줄 수 없어서
애절한 당신 그대로 놔두고
그렇게나 먼 곳으로 가버렸습니다.

가랑비가 내리는 날
파란 우비를 입고
동교동 로터리를 걸으며
사라진 줄 알았던 그대 사랑
다시 보는 듯하여
흘러간 세월 다시 돌아가는 길을
과객에게 물어볼 뻔했습니다.

동교동에 지금도 있을까

밤 12시 통행금지가 있었던 시절에
솜방울처럼 커다란 눈이 내리는
늦은 밤
엘피판 돌아가면서 울려 퍼지는 시끄러운 음악 소리
너나 할 것 없이 각종 담배 피워대는
지하실에 자리잡은 동교다방에서
그저 막차를 놓치면 안 된다는 생각만
작은 머릿속을 가득 채우고 있는 나에게
더 이상 중요한 이슈는 부팅될 수 없었는데
왜 그녀는 그때
그런 사랑 해고 통지를 하였을까?
나에게 마지막 남아있는 동교다방
지금도 있을까

동교동 여인아

동교동 여인아
지난 수십 년간 그대와 거리가
혹시나 가까워지리라 생각하고서
나란히 나 있는 철길 위를
걷기도 하고 달리기도 하며 지내왔다
다람쥐가 쳇바퀴를 온종일 도는 것보다
더 간절한 마음으로

동교동 여인아
이제 평행선은 절대로 만나지 않는다는
너무나도 간단한 진리를
내 가슴에 단단하게 그려 놓고
그 평행선에서 내려왔다
망부석도 못 되는 서글픔에 아쉬움이 크지만

동교동 여인아
평행선의 끝이 로터리인 것처럼
조금만 더 돌고 나면 만날 수 있다는
공연한 생각은 갖지 않겠다
오히려 잔잔한 호수처럼 가라앉은
나의 마지막 여정에
불쑥 추월하듯 나타나지는 말라.

만남 연습

아슬아슬하게 놓친
그 옛날 동교동 여인
혹여 만나게 되면 어떻게 해야 하나?

나의 표정
나의 첫마디 말
어떻게 하면 그녀가 멋있다고 생각할까?
구질구질하게 보이지 않으려면
웃는 얼굴이 좋을까?
딱딱한 얼굴이 좋을까?
아니 우연을 가장한 만남을 만들어볼까?
나와의 만남을 알고 오게 할까?
그냥 만남의 그날이 올 때까지 기다려야 할까?

이런 생각, 저런 생각하면서
지나간 세월이 오십 년
만남의 연습만 하다 백발이 되었네

우연

그대와 만남
필연으로 시작되었으니
참 좋은 인연으로 이어지기를
나는 얼마나 바랐는지 몰라요

신촌 로터리 한 바퀴 돌아
신촌 시장을 지나
그대 만나는 동교동 교차로까지 걸어가면서
내 머릿속에서는 그대 생각으로
빙글빙글 돌았어요.

어느 추운 겨울 늦은 밤 동교 다방에서
담배 연기로 도넛 만들면서
그대 조그만 앵두 입술 사이로
톡 터져 나올 언어들에 가슴 뛰던 시간
그 짧은 기다림의 순간이 지나고 나서
우리들의 인연은 저 깊은 우주 속으로 사라졌어요

잠깐 스쳐 지나가는 우연으로 전락하였을 때
그 순간 그 지점에 나는 아직도 서 있습니다.
백발의 노인이 되어서요.

흉터도 없는 상처가

예기치 않게 닥친 사고나
넘어져 다친 상처는
시간이 흐르고 세월이 흐르면
아물어서 문화재처럼 흉터로 남아
그 아픔의 기억을 계속 말해준다고 하지 않나요

그대로부터 선택받지 못하여
가슴에 생긴 상처는
수십 년이 흘렀어도 아물지를 않고
흉터로도 되지 못한 채
아직도 그 아픔의 기억을 직접 말해주고 있다
그대여.

제3부

돈아 돈아

세상 참 넓다. 하루에 36만 명의 인간이 태어난다. 1초에 4명이 태어난다. 세상 어디에서 태어나든 그들의 삶의 질을 결정하는 가장 중요한 요소는 돈이다. 돈의 있고 없음과 많고 적음에 따라 운명이 다르다. 또한 하루에 약 16만 명이 사망한다. 이 사망자들의 인생에서 돈 때문에 편안했던 사람은 얼마나 될까요? 돈과 얽힌 경험을 반추해 본다

하라

나무들은
아낌없이 주고자 하므로
언제나 가까이 하라

돈은
쉼 없이 돌아다니므로
꽉 붙들고 사랑하라

마음은
좋은 것을 따라가므로
꾹 참고 아부하라

참이슬이여

길게 늘어선 빨랫줄에 매달려
낮에는 마르고 밤에는 서리맞으며
온몸 붙을 대로 붙어 깡 말라버린
황태의 슬픔을 위로하고 싶구나
참이슬이여.

기나긴 날들 그녀에게 붙잡혀서
낮에는 돈 벌고 밤에는 팔 굽혀 펴기 하느라
온 가슴이 갈비뼈에 붙어 쪼그라든
오십 대 중년을 위로하고 싶구나
참이슬이여

액자

사람들이여
힘들고 어지러운 세상에 사는 사람들이여
내 품속으로 들어오시오

내 품속에서는,
질병도 없고
괴롭힘도 없고
요요도 없고
잔소리도 없고
돈은 필요도 없고
늙지도 않아요

내 품속에는
언제나 고요와 평안이 깃들어 있으니
언제라도 주저 말고 들어와요
액자 말씀

독 장사

정신을 가다듬고
온몸 구석구석 흩어진 힘 다 모아
던지고 또 던져 봐야
큰 바위에 계란 던지는 꼴

부질없는 이야기를
하지 말라고 해야 할 것인가?
상관없는 내가 그 자리를 떠야 할 것인가?
아니면 가짜 바위를 찾아보라고 소리칠까?

제 돈으로 밑천 대고 하는 장사꾼
밑지고 판다며 소리소리 질러대더니만
그것도 맨날 맨날 하더니
저마다 노랫가락처럼 흥을 돋게 하네

이런 거짓말쟁이들을
그대로 놔두어야 한다는 말인가?
못 믿는 내가 떠나야 한다는 말인가?
아니면, 더 싸게 팔라고 소리칠까?

삶은 호박에 바늘을 찌를 수 있는 사람은

큰 상을 받는다며 사람들을 끌어모으고
독 장사나 해볼까?
바늘 사세요! 바늘 사세요! 외쳐대 볼까나?

돈

세상이 사람에게 줄 수 있는
오만가지 서비스를 가능하게 해주는
징표이다.

사람이 세상에서 받을 서비스를 위하여
미리 보관할 수 있고
타인에게 줄 수도 있다.

그러니
돈은 한곳에 머물기보다
이 사람에서 저 사람에게로
이곳에서 저곳으로
옮겨 다니기를 좋아한다.

세상에 좋다고 하는 서비스를 받지도 못했는데
나에게 붙어 있던 돈이
부지불식간에 떠나버렸다면
그것은 참으로 화나는 일이다.

돈주머니

내 주머니에 있을 때는
부글부글 끓어서
냄비 밖으로 튀어 나갈 것 같은
김치찌개처럼
힘들어하더니
결국 뛰쳐나가서는
미스코리아처럼 이쁘고
새색시처럼 조신하게 지내는 돈들을 보면
내 주머니는 감옥처럼 답답하고
다른 사람들의 주머니는 바다처럼 아늑한가 보다.

돈 팔자

가까이 있을 때는
존중과 사랑받으면서
멀리 있을 때엔
온갖 욕설과 푸대접을 받는 것
그 이름 돈
그 돈은
발이 없어도
온갖 세상 구석구석 돌아다니고
모든 사람이 사랑한다며 주물러서 그런가
꼬리꼬리한 특이한 향기를 갖고 있다.
그리고
그 돈이 시장이라는 곳에서는
아침에 침을 맞는 경우가 많고
두들겨 패도 괜찮은 동전이라는 이름의 돈은
애들도 좋아하지 않는다.

돈의 미션

나는 돈
내 운명은 장돌뱅이와 같다.

한 시도 쉬지 말고
이 사람 저 사람
이 세상 저 세상으로 돌아다니며
사람들에게 기쁨을 주라는
위대한 미션을 띠고
서울 한국은행에서 태어났다.

물과 돈은 친구

위에서
물이 내려오면
폭포라 부르고
제자리에서
물이 솟아오르면
샘이라 부른다

하늘에서 떨어지듯
뜻하지 않게 돈이 오면
일확천금이라 하고
원래 가진 것이 많아
생각지 않게 여기저기서 돈이 찾아오면
돈샘이라 해볼까 한다.

김선달식(式) 사회 풍조

김선달이
대동강을 돈 받고 팔아먹었다는 행위는
예나 지금이나
공짜를 좋아하는 인간 심리를 이용해서
사람들을 농단한 사기행각이다.

마치
이를 재미나는 이야기라거나
김선달이는 머리가 좋은 사람이라는
엉뚱한 평가를 내리거나 생각해 주는 것은
두 번째로 농단하는 것이다.

오늘날
우리나라에서는
이처럼 사회 범죄를 질타하기보다는
오히려 응원하고 지지하는 독특한 의식구조가
성행하고 있다.

길에는 역사가 흐른다

여러 사람이 계속 걸어가면
거기엔 길이 생긴다
길이 있으면
사람들이 지나다닌다

사람들은 길을 따라 지나다닌다
돈도 그 길을 따라 돌아다닌다
사기도 지나가고
범죄도 지나간다.

길은 인간의 역사를 품고 있다.
그뿐만 아니라 시대를 초월한 역사가 가라앉아 있다.
하지만 길은 아무 말도 하지 않는다
물이 흘러가면 다시 돌아오지 않듯이

행복은 어디에서 오는가

설탕 같은 것
얼큰한 것
비싼 음식 같은 것을 먹으면
그대는 행복한가?

직장에서 승진하면
돈이 많이 생기면
자식이 공부를 잘해서 출세하면
그대는 행복한가?

주위 사람들에게 존경을 받으면
주위에 부릴 권력이 생기면
주색에 남보다 강하면
그대는 행복한가?

행복은 어디에서 오고 있는지 찾아볼 일이다

내비게이션

내비게이션
자동차에 시동을 걸고 목적지를 읊으면
착착 알아서 가는 길과 소요 시간을 안내해 준다.

인생살이에서
이렇게 좋은 내비게이션을 가질 수 있다면
얼마나 좋을까요?
얼마나 많은 돈을 벌 수 있을까요?

지난 70년을 살아오면서
하도 험한 세상을 거쳐왔고
길은 있다가 사라지고 사라졌다간
나타나기도 하더군요
인생 내비게이션 같은 것은
세상 어디에서도 못 봤어요
무작정 도박 삼아 살아왔지요.
이제 나에게는
더 이상 길도 필요 없고 안내도 필요 없어요

다만 이제 인생을 시작하는 젊은 청년들에게는

자신의 인생을 밑천으로
도전과 희망을 꿈꿀 수 있는
잘 다듬어진 가치 세상이 되었으면 합니다.

무사 무탈

요즘 열심히 일하다가
어려움을 겪게 되는 사람들이 많은 것 같아요
맡은 바 일을
올바르게 열심히 잘 수행했다는 것이
다른 사람들에게는
불편을 끼치거나
억울하거나
반갑지 않거나
힘들게 하는
결과를 가져다주었다면 어찌해야 하나요?
요즈음엔
한 사람의 일이 다른 사람의 인생살이에
얽히고 얽히는 일이 많으니
그런 경우가 있을 수 있겠지요

나이를 먹어 슬프기도 하지만
아무 탈 없이
직장 생활을 마치고
작은 돈이나마 밥 먹고 살 수 있어서
얼마나 행복한 일인지 하는 생각에
감사한 마음입니다.

돈에서

돈 많은 사람이
그 돈을 쓰지 않으면
온갖 구설에 오르고
그 돈을 만져보지도 못하고 죽을 수도 있다
수전노라 불리기도 하고
그보다 더 흉한 욕받이가 될 수도 있다
돈이 아주 많은 사람은
조금 나누어 줄 줄도 알아야 하겠지
돈에서 나는 냄새
아주 꼬리꼬리하고 흉하지 않든가요
늙은 돈은 한은에 잡혀가서
화장을 당하는 것을 아는가?

돈만 보면

젊은 돈이든
늙은 돈이든
돈은 꼬리꼬리한 냄새가 난다
그래서 그런가 돈을 잡으면
얼른 주머니에 찔러 넣는다
요즘엔 돈이 날라다닌다.
돈소리가 나면
한번 쳐다본다 그러면서 웃는다.
눈이 즐거워하나보다.
그래서 그런가.
안경 안 쓴 사람을 찾기 어렵다

저축병

돈을 조금씩 모으다 보면
조금 큰돈이 되고
점점 더 큰 돈을 만들고 싶어한다
밤낮 가리지 않고 죽어라 일하며
돈을 모으는 재미로 살아간다면
바늘 도둑이 소도둑이 되는 것처럼
이미 저축병에 걸렸다고 봐야 한다

그러나 그것이 심해지면
모으는 것 이외의 어떤 것에서도
기쁜 마음을 가지지 못하게 하는
이른바 저축병이라는 굴레에 빠지게 된다
그런 사람은 죽음에 이르러서야
자신이 모은 것을 갖고 갈 수 없다는 슬픔에
눈물을 흘린다.

돈은 에너지

육체의 에너지는 밥이다
밥의 힘으로 산다는 옛말도 있다
정신을 움직이는 에너지는 돈이다
'돈이 인생의 전부는 아니다.'라고
애써 그 가치를 깎아내리려고 하지 마라.

부자 부모가 자녀로부터 효도 용돈을 받지 못하면
가난한 부모가 자녀에게 발전 용돈을 주지 못하면
부모도 그렇고
자녀도 그렇고
불행감이 크게 올라간다고 하더라

사람의 마음속에서 돈은
자존감을 그리고 행복감을
높이기도 하고
낮추기도 하는
꽤나 중요한 에너지다

제4부

인생 뭐 별거 있나

이제 칠십 년을 살고 보니 여러 생각들이 머릿속에서 뭉친다. 중장기적으로 거창하게 생각했던 인생 목표, 단기적으로 생각했다가 사라져 버린 목표들, 중요하게 여겼던 가치와 하찮게 여겼던 가치 등등 주마등처럼 스쳐 지나가는 인생살이들, 그러나 어느 하나도 붙잡을 수 없는 지금의 나의 존재, 서글프다. 다시 돌아가고픈 시절도 없으나 그렇다고 지워지지도 않는 역사, 인생 뭐 별거 있나?

인생 뭐 별거 있나

부지불식간에
우리 생활권에 들어와 있는 사람
바람처럼 허망하게 가버려
흔적도 지워지고 잊혀지기도 하지요

몸과 마음 다 문드러지도록
찰싹 붙어서
가렵고 따가운 종기처럼
삶을 팍팍하고 힘들게 하기도 하지요

우린 이런 거를 인연이라 하지 않나요?

그러니까 우리네 인생에 뭐 별거 있겠나요
인연의 맛을 빨기도 하고
빨아버리기도 하면서
나름 세월을 엮어가는 것 맞나요?

만남과 이별

높은 산에서 내려오는 물은
아마도 멀리 가겠지
더 많은 사연을 품고서

젊어서 친구가 많았던 사람은
아마도 더 많이 슬프겠지
더 많은 친구와 헤어져야 하니.

떠나가는 사람들

새로운 사람 사귀기 드렵고
알았던 사람 멀리 가 버리니
고요한 창가에 내리는 이슬에
좁은 가슴 분주하다

갈래

길이 아니면 가지 말고
길을 가려면 한길로 가라 하는데
가다 보면 갈래 나오고 가다 보면 갈래 나오니
이 길인가, 저 길인가
언제나 망설이고 그냥 서 있는 나
아무도 가르쳐주지 않는 길
지나온 길 돌이켜 보면
그 많던 갈래들은 다 사라져 보이지 않고
앞을 쳐다보면
또 나타나는 갈래들
기운도 지쳐가고 눈도 희미해져 가는데
어느덧 친해진 벗
늘 나와 함께하고 있는 지팡이에게 명한다
탁배기 냄새나는 곳으로 나를 안내하라.

인생, 그냥 가야 하겠지

흐르는 물이 돌과 부딪혔다고 멈추든가
소리 한번 지르고 그냥 갔겠지
미꾸라지 지랄같이 흔들어 댄다고 말릴 수 있나
잠시 더럽혔다 그냥 갔겠지

세월이 흐르는 물과 같다 했으니
술 한 잔 마시고 소리 지를런가
담배 한 대 피우고 연기라도 내 뿜을런가
그래도 그냥 가야 하겠지

세월 따라서

물고기가 죽으면
물속에서 다니는 것이 아니라
그냥 떠 있거나
물이 가는 곳으로 떠내려간다.
사람이 꿈이 없으면
이 세상에서 사는 것이 아니라
그냥 내 버려지거나
세월이 가는 대로 떠 밀려간다.

나는 먼지다

산다는 것
먹고 마시고 자고 돌아다니는 것?
웃기네.

나에게 산다는 것은
세상 어디엔가 붙는 거야
착 달라붙는 거야
아주 깨끗한 곳이면
나는 좋아해

재수 없이 더러운 곳에 붙으면
더럽다고 금방 붙잡혀서 밀려나니까
깨끗한 곳에 붙으면
더러워질 때까지
안전해

나는 먼지다

바람아 불어라

내가 너무 작아서
눈에 띄지도 않고
설사 보인다 해도
그게 그것이겠지만
그래도
바람만 불어준다면
그 덕분으로
어디이든 갈 수 있지요
'뭉치면 살고, 헤어지면 죽는다'는 인간들의 말
우리 먼지들 사이에서는
생명의 근원이지요
힘의 출발입니다
바람아
바람아
살랑살랑 불어다오

길은 없다

이 길 저 길
목표 따라 마음 따라 지나온 길
뒤돌아보니
어떻게 왔는지 알 수 없고
그림자도 뒤돌아서서 그런가
길이 없다
이미 추억으로 등록되었나 보다.
이 길 저길
가야 할 것 같은 길, 가고 싶은 길
망설이다 보니
어디로 가야 할지 알 수 없고
눈마저 어두워서 그런가
길이 없다

손바닥에 뱉을 침도 없구나

미역국과 케이크의 관계

소고기 잘게 썰어 넣고
푸욱 끓인
미역국 한 그릇 먹는 날
손꼽아 기다리던 속마음 들킬까 봐
얼마나 가슴 졸였나?

둥그런 케이크에
가느다란 색깔 양초 꽂아 놓고
후욱 불어 끄는 순간을
손꼽아 기다리던 깜찍한 마음 모른 척하느라고
얼마나 가슴 졸였나?

술맛

이처럼 어지럽고 혼탁한 세상에서
딱히 함께 할 만한 사람 없더니
우연인가, 천연인가
어쨌거나 귀한 만남 기쁜 마음에
저 높은 곳에 홀로 있는 원두막에 올라
저 아래로 세상을 내려다보며
막걸리 한 대접 툭툭 털고 나니
술 마셨나 꿀물 마셨나
여간 좋은 것이 아니더라

인생은 소풍

어렸을 때는 부모님이 놀아주는 것이 재미있습니다
먹는 것, 보는 것, 행하는 것 모두
처음 있는 일이기에 신기하다는 생각이라
즐거움을 주지요

그러나 좀 자라나 청소년이 되면서
부모님이랑 노는 것은 진부하게 생각되고
또래 친구들과 함께 노는 것에 탐닉하지요
이때는 친구를 많이 사귀는 일이
매우 중요하다고 생각하지요.

그러다가 이사 가거나 학교를 졸업하는 등
친구를 만나는 일이 어려워지고
자신의 인생을 위하여 살아가게 되는데요
생존의 문제에 집중하면서
교류하는 친구의 폭과 깊이와 내용이 다양해집니다.

수많은 경험을 통하여
그러한 친구들을 하나둘 정리하게 됩니다
함께 놀았던 친구들은 건강, 성격, 거리 등으로

하나둘 줄어들고
자신만의 세상으로 침잠해 갑니다

이처럼 모든 사람들과 지냈던 시간은
간혹 드물게 추억으로 부팅되는 수도 있으나
저세상으로 가져갈 수는 없습니다
단지 소풍이 있었음을 허공에 띄워놓고
우리는 사라지겠지요.

강변 아파트

시작도 끝도
한 눈으로 볼 수 없이
길게 흐르는
한강
남쪽과 북쪽에 즐비하게 들어서 있는
고층 아파트들
마치 닭장 같다고 말하고 싶구나
조그만 구멍들에서
하얀 불 누런 불 파란 불 흘러나와
고요히 흐르는 한강을 찬란하게 비추고
출세했다고 떠벌리고 싶다는 외침의 큰 소리를
군소리 없이 집어삼키면서
넘실넘실 흘러가는구나

나는 못이다

제 몸은
날씬 그리고 또 날씬입니다.
밑에서부터 위 끝까지 한결같습니다.
아주 깔끔하죠.
그런데
꼭대기에 갓이 하나 달려있습니다.
사람과 같이 머리라고 해도 될까요?
통상 못이라고 불리고 있지요.
요즈음
제 몸뚱어리를 본떠 만든 아파트들이
비싸고 거기다가 잘 팔린답니다.
자부심 가져도 되지요?

세상살이

세상이 나를 괴롭히더라도
그물에 걸리지 않는 바람처럼
어떠한 소리에도 놀라지 않는 사자처럼
진흙에 물들지 않는 연꽃처럼
마음 따라 자유롭게 흘러가며
이 세상 살아갑시다.

연꽃

여덟 꽃잎 하나하나
떨어져 있으면서도
한 곳에 곱상하게 붙어 있는 연꽃
추한 것에서 아름다움을 뽑아낸 것처럼
혼탁한 물속에서 자라나
불볕 칠팔월이면 아주 고운 빛으로
하늘을 바라본다.
인도 사람들 사이에 전해 내려오는
영원히 잠자는 정령
비슈누(Vishnu) 신의 작품일는지.

연꽃의 뜻

물은 흐르면서
스스로 깨끗해지는 별난 특성이 있지
그런데
어느 한 곳
뚫린 구멍도 없는 연못에서
깨끗할 수 없는 흙탕물 속에서
뿌리 내리고 줄기를 키워 꽃을 피우는 연
너는 그 속에서 어떻게 크고 하얀 이쁜 꽃을 피워냈니
그 넓은 이파리에는 밥을 지어 먹고
뿌리는 영양이 많은 식재료가 되고
세상사는 어찌하여 이와 반대로 돌아갈까?

새우젓

모든 생명체가 그렇겠지만
적으로부터 자신을 지켜 나가는 것
참으로 어려운 문제구만요
늘 긴장 속에서 눈치를 재빠르게 살펴야 하는
무진장 중요한 기술이랍니다
그런 어려움이 없는 곳은 존재하지 않는 것 같아요
하는 수 없이
관계 짓고 살아야 하는 사람의 수는 계속 늘어가고
그들의 의견을 존중해주고
비위를 맞춰주는 말과 표정으로 달관하고
마치 문어발처럼 촉수를 뻗어서 살아가야 하겠지요
아마도 그러면
절간에서도 새우젓을 얻어먹으면서
어디를 가나 여유만만하게 살아가겠지만
오래오래 살다 보면
주위 사람들 다 떠나고
그저 외롭고 고요한 시절에는 어찌해야 할까요?

제5부

지혜가 머무는 곳

　이 세상에 존재하는 세상 것은 각자의 일생을 산다. 그 일생동안 존재하는 노하우를 나름 갖게 된다. 우리는 그것을 함부로 무시할 수 없다. 우리가 일생 살아가면서 맞닥뜨리는 상황이 언제나 같은 것은 아니고, 때와 장소를 알 수 없는 일이다. 타인에게서 배움이 없었다고 그냥 무너질 수는 없는 것이다. 이 세상 것에서 새로운 일생의 모습을 볼 수 있다면 얼마나 좋을까. 나도 세상 것이다. 나 아닌 누군가에게 세상 것이 되고 싶다.

걸레 3

이 세상과
어떻게 친해야 할지 몰랐다
하는 수 없이 몸으로 때웠다.
세상을 닦아주고 닦아 주었다.
하얗게 만들어주면 좋아 하겠지 하고,

작은 돌 알갱이들, 알 수 없는 찌꺼기들에
쉼 없이 찔리고 들러붙는 통에
나는
온몸을 요동치며 털어대는 것, 습관이 되었다.
그게 몸서리친다고 하는 말과 같을지도 모르겠다.

그렇게 곱고 하얗던 나의 몸
이제 온데간데없다
그냥 까맣다.
씻어도 씻어도 역시 까맣다.
그런데 특이한 것은 아직 난 일터가 많다.

세상살이에서 받은 까만 훈장을 달고
어릴 적 하얗던 나를 되찾으려고 떠나고 싶다.
그래도 나는 걸레이겠지

섬

섬
작아서 그럴까?
갖고 싶다.
너에게 올라섰다 간 사람이 많았겠지.
나는 그냥 눌러앉고 싶다
가질 수 있을까?
너를 내어줄 마음이 있을까?
갈매기가 눈치라도 챈 듯
소리소리 지른다.
등기 내고 취득세를 낸 것처럼…
아마,
나도 앞에 사람처럼 떠나야 하나 보다
그냥 바람이었던 것처럼.
섬
사람이라면 낯을 가리는 것 같다.
두 번째 올랐어도 처음 보듯 한다.
그래도
갖고 싶다.
갈매기만 아니었으면,

바람 소리 물 소리

바람 맞고 시원하니
세상사 어리벙벙
뭉게구름 덧없이 흘러가는데
나는 생각에 잠기고

물소리 듣고 어지러우니
세상사 어리벙벙
술 냄새 나를 오라고 부르는데
나는 생각에 잠기고.

나는 먼지다 3

나를 티끌이라고도 하는데
아무리 모아도 태산은커녕
작은 손 한 줌도 안 된다고
인간들아, 우습게 보지 마라
너희가 모으려 하지 마라
우리 먼지들이 유난히 좋아하는
게으른 인간들 곁에서
언제나 모이기로 되어 있단다.

우면산 나무의 소망 2

진정으로 우면산을 사랑했습니다
둘도 없는 좋은 산
나의 고향이라고 생각하며
30여 년을 정붙이고 살았습니다.
그래도 늘 어디론가 떠나고픈 마음이 일어
힘들었던 시간이 많았다는 것을 숨길 수 없네요
내가 자랄수록 뿌리를 깊이 박아야 하는데
옆으로 옆으로 키워가야 했습니다.
얕게 박힌 뿌리로는 너무 커버린
내몸을 버티기가 힘듭니다.
바람도 많고 빗방울도 세차게 내리치는
여름을 나는 일이 힘에 버겁습니다.
좋은 공기를 준다고 고마워하는 눈빛으로 바라보던
사람들 이야기는 이제 옛말이 되었고요
땔감으로 처리하자는 이야기도 들리는데
제가 묵을 두 번째 고향 같은 곳은 없을까요?

하얀 사마귀

산등성이 여기저기 넓은 밭처럼
하얀 눈
달라붙어 있다.
여름이면 저 아래 강으로
떠날 줄 알았건만
아직도 단단하게 붙어 있다.
땅 위에 붙어 있는 눈은
햇빛을 가려 답답하게 하는 것은 아닐는지
하여
하얀 사마귀라 하자.

바닷물이 푸른 이유

까만 머리카락
윤기도 나고 뻗대지만
하세월 지나니
햇볕에 탔는가 하얗구나.
초록빛 잎사귀
싱그럽고 아름답더니만
한여름 지나니
햇볕에 탔는가 누렇구나.
푸른 바닷물은
힘차기도 하고 푸근하기도 한데다가
억겁을 지나도 햇빛이 작렬하였어도
그 푸르름 그대로인 이유를 알고 싶다.

청룡산 진달래

생명의 움틈
또다시 새로운 시작
넓고 길게 흐드러지도록 피어난 개나리
도심줄 수많은 인파에서 터져 나오는 감탄

이야 봄이다.
그다음 이어지는 말소리
저기 진달래는 아직 덜 폈네
그리고 사람들은 가버린다

진달래가 활짝 펴야 진짜 봄이지
그런 소리가 조그맣게 들린다.
수많은 소나무 사이에 드문드문 자리하고 있는
청룡산 진달래는
외롭고 추웠던 지난겨울의 서글펐던 사연을
덧칠한 듯
맑고 진한 보랏빛을 뿜어내며
가냘픈 몸 흔들어 댄다
자신이 진달래라고.

A C 82야

간밤
요란하게 뿌려댔던 빗발
다 사그러들었지만
이른 아침나절
나지막한 산자락에는 뿌연 안개 모락모락 피어나고
있었다
상쾌한 맛 찾아서
그 산자락을 애써서 기어오르던 A군
가까스로 얼굴에 매달렸던 땀방울 뚝 뚝 떨어지고 있
었다
육골즙!
그때 그의 뒤통수를 맴돌며 외쳐대는 소리
우잉 서봐! 우잉 줘봐!
성가시게 계속 따라오는 암컷?
A C 82야
82는 오늘도 그 자리를 지키고 있었던 거다
그러다가 A군 보더니 난리다
그의 수많은 구멍에서 삐져나오는 진액을
그걸 빨고 싶다는 거야, 줘버릴까?

눈치

계곡을 만난 물
눈치 없이 떠들어 댄다
즐거움 반 불평 반
논두렁에 갇힌 물이 삼키는
한숨도 시샘도 아랑곳하지 않고

북악산에서

주중 평일 닷새
힘들고 바쁘게 보낸 사람들
선물로 받은 귀중한 주말 이틀
옛날 극장 줄 서서 입장하듯 산을 오른다
북악산에서 보는 진풍경이다
가쁜 숨을 몰아쉬며 새로 마시며
산 정상에 올라온 사람들
저 멀리
남산 롯데타워 광교산 북한산
서울을 둘러싼 산들을 눈에 담고서
오 분도 안 된 것 같은데
서둘러 내려간다
너무 아깝지 않은가?

돌밭에서

밭에
작은 돌 큰 돌 너무 많다
그냥 밭이 아니다
돌밭이다
아낙네 삽과 호미가
그 돌에 깨지고 부러진다
무척 속상하지만
그래도
우리들 밥상에서 즐겁게 해주는
푸릇푸릇 싱싱한 채소들이
돌이 너무 많다고
불평하지도 어려워하지도 않고
그저
힘차고 아름답게
위로 위로 솟아오르고 있다
돌밭에서 생명이 자라고 있다.

군자란 꽃대

벌써 팔 년째
삼월이 되면
언제나 찾아오는 군자란 꽃대
열 개가 넘는 꽃봉오리를 쑥쑥 내밀면서
솟아오르는 그 기세를 보면
누가 칭찬하지 않겠는가
누가 좋아하지 않겠는가
작년 가을 분갈이를 해 주고나서
처음 만나는 이 봄에
벌써 열두 개 꽃대가 올라오고 있다
통통하고 딱딱한 꽃대를 만져보며
군자란의 젊은 힘을 받는다.
앞으로 한 달여 동안 군자란의 꽃에 빠져볼까 한다.

되새김질

살아온 시간 중에
아프거나 힘든 시간
그 시간은 언제나 길고 길어요
누구나 줄이려고 하지요
그런 일들이 끝나고 나면
또다시 생기는 것 같아요

즐겁고 행복한 시간
그 시간은 순식간에 가버려요
누구나 늘이려고 하지요
그 시간이 짧은 것도 서운한데
언제나 힘든 시간이 찾아와서 터치해요

그래서 그런가요
나이가 들어갈수록
힘든 일을 버텨내는 실력도 늘고요
그 짧은 기쁨의 시간은 필요할 때마다
되새김질하듯 언제든 꺼내서 재활용합니다

각성제처럼

되새김질할 때마다
기쁨의 맛이 새록새록 납니다

아해들아!
노인들은 이런 기술을 갖고 있다는 것을
잊지 말아라

노구의 놀이터

젊은 시절엔
저녁 열 시 저녁 열한 시
때로는 그 이후에도
쌩쌩하게 깨어 있었죠.
조금이라도 더 깨어 있어야 했어요
흘러가는 인생이 아까웠으니까요

직장에서 내침 받고
세상 사람들로부터 걱정 반 관심 반
세칭 어르신 문턱에 들어서서는
밤 아홉 시 뉴스를 보는 것도 듣는 것도
미뤄두어야 할 숙제가 되더군요
그렇게 시끄러운 세상을 뒤로 하고
무겁고 두툼한 이불 속으로 들어가면
새로운 친구들
수많은 홀로그램들을 만나서
온갖 세상 돌아다니면서 지치도록 놀아요

밤새 추위에 떨었던 창가에
아침 햇살이 두드리는

아주 작은 소리에
무거운 눈꺼풀이 마지못해 열리고
어제 예약한 오늘을 만납니다.

역삼각형의 시대

요즘
60대 이후 노령층이 너무 많단다
옛날에 노동력이 재산이라며
다자녀 부자 시대에 태어난 것이
인생 말년에 서러움이 될 줄이야
인구구조의 역삼각형이다
무자식이 상팔자라던
옛날 어른들의 말씀이 생각난다

요즘
돈 많이 가진 사람이 얌체란다
평생 안 먹고 모아온 재산이라며
열심히 살아온 것이
인생 말년에 부도덕한 사람이 될 줄이야
경제구조의 역삼각형이다
무소유 하라고 하던
어느 스님의 말씀이 생각난다

제6부

탄천에 길이 있다

탄천에 가면, 물이 쉼 없이 흐른다. 한강으로 흐른다. 굳이 말하면 한강이다. 아마 탄천이 한강보다 약간 높은 지역인가 보다.

탄천에 가면, 길이 있다. 그 길 위에는 수많은 사람들이 걷고 뛴다. 귀청 울리는 아이들의 목소리에서부터 말이 들릴 듯 말 듯한 노인들의 목소리까지 온갖 인생 사운드가 길을 따라 바람처럼 흐른다.

탄천에 가면, 길이 있다. 이름도 알 수 없는 풀들이 탄천의 물을 마시며 제멋대로 자라고 있다. 온갖 새들도 제 것인 양 아무 데서나 제집을 짓고 산다. 오히려 사람들은 그들의 삶을 방해하지 말자고 착한 마음을 다짐하기도 한다.

탄천에 가면, 길이 있다. 당신도 초대받았다. 와서 그 길을 걸어보라.

탄천에 가면 희망을 만난다

탄천에는
희망이 살고 있다.
탄천에 나 있는 길을 걸으면
희망을 받는다.

답답한 일이 있거나
시련을 겪고 있는 사람들은
시원한 탄천 바람을 맞으면서 걸으면
가슴도 확 뚫림과 함께
만사 잘될 것이라는 희망을 받는다

뚱뚱한 몸매를 걱정하는 사람들이
탄천에서 부는 바람을 맞으며 걸으면
점점 날씬해진다는 희망을 받고
사랑하는 연인들이 함께 손을 잡고 걸으면
그 사랑이 깨지지 않는다는 희망을 받는다

탄천에서 걸으면
누구나 좋아하는 희망을 받는다.
탄천에 살고 있는
희망은 거대하고 누구에게나 착하다

탄천의 모습

탄천에 가면
시원스레 쭉 뻗은
길이 있다

강물을 바라보며
시원한 강바람을 맞으며
남녀노소 행복하게 걷는 길이 있다

너구리도 지나가고
오리들은 길가로 뛰쳐나와
풀을 뜯는다

내 눈에는 하나도 보이지 않지만
새들의 눈에는 온통 먹이 천지인 듯
수백 마리 비둘기 까치 오리들이 먹이를 쫓아 먹는다

탄천에서 들리는 말소리

탄천에는
온종일
홀로 또는 무리를 지어
걸어가는 사람들로 줄을 잇는다

가정사를 이야기하고
미래를 계획하며
세상사를 논하면서
인생철학이 무르익는다

이렇듯
탄천에는
건강과 인생과 사랑의 꽃이
매일매일 피고 있다

탄천에서 세계로

탄천에 시원스레 뻗어 나 있는
그 길을 걸으면
서울에 닿을 수 있다.

한강을 만날 수 있다.
탄천을 걸어가면
세상의 한복판 서울에 갈 수 있고
세계사의 중심
한강에 갈 수 있다.

탄천에 흐르는 물이
한강을 향하여 흘러가
세계의 중심을 이루듯이
우리도 열심히 걸어보자.

탄천에 자라가 산다

물의 속도가 꽤나 빠른
탄천에서 걷다 보면
자라를 볼 수 있다.

수년간 탄천 길을 걸으면서
몇 차례에 불과하지만
자라를 보는 날엔
신기함을 느꼈다.

자라는 생명을 지키기 위하여
아주 작은 소리에도 물속으로 들어가 버리고
육지에서는 엄청나게 빠른 속도로 도망간다

사람에게 붙잡혔을 때에는
목을 내밀지 않으며 안 나오려고 한다.
이렇듯이
조심성이 있고 예민한 기질을 갖고 있는 자라를
탄천에서 멀리 발견하였을 때
로또 맞은 것처럼 알 수 없는 기쁨에 빠진다.

탄천에 오리떼가 산다

탄천에 가면
제법 빠른 물살을 견디며
떠내려오는 먹이를 잡으려
눈과 부리와 다리에 힘을 주고
결연히 서 있는 오리떼들이 산다.

물속에 비릿한 날고기 식사에
질린 오리들은
갑자기 비건으로 변신한다.
뚝방길을 기어 올라와
사람들이 다니는 길가를 가로질러
힘차게 살아가고 있는 잡초를
뜯어 먹느라고 정신들이 없다.

탄천에 오면
헤엄치고 걷고 날아다니는
행복한 오리떼를 볼 수 있다.

탄천에 길이 달라졌다

탄천에 물이 유유히 흘러 간다
어떤 곳에서는 큰 소리를 내고
또 다른 곳에서는 조용히 흘러 간다
어제도 흘러 갔고
오늘도 흘러 간다
내일도 흘러 가겠지
그냥 그렇게
탄천에서는 하염없이 흘러 간다
자기들의 길인 양
오랜 세월 흐르고 흘러갔다
누구도 건드릴 수 없는 성역인 것처럼

탄천에 가면
꽤 여러 개 다리가 연결되어 있다
요즈음
그 교각을 수리하는 공사 때문에
대형 관을 설치하고 흙으로 메꾸어진 곳이 생겼다
물들도 깜짝 놀라 큰 소리를 내며 흘러가고 있고
그 속에 살던 큰 물고기들이 온데 간데 없다.

탄천에 길이 달라졌다

탄천 풀밭을 개가 좋아한다

탄천에는
낮에도
저녁에도
밤에도
건강을 챙기는 강아지와 개들이 붐빈다

황톳길
모래길
콘크리트 길이 있다
그 길가에는 온갖 잡초들이 무성하게 자라고
꽃들도 핀다.

강아지와 개들은
열심히 걸어가다가 갑자기 풀밭으로
주춤, 주춤거리며 들어간다
개들은 포유동물이라 사람과 마찬가지로
그 풀밭에서 제 속을 비우고 홀가분한 상태로 걸어가
면 기분이 좋은가 보다

겨울이 돌아오면

그 냄새는 덜 나겠지
그래서 그런가
여름이 떠났지만 아쉽지는 않다는 생각
괜찮은 거겠지

탄천에 마스크맨

다른 사람들 앞에서
예전에는
부끄러운 것이 있거나
숨겨야 할 사정이 있을 때
얼굴에 마스크를 썼다.

코로나 3년
예외 없이 누구나 마스크를 써야 했다
그런 연유로
마스크를 쓰는 것에 대하여
부정적인 인식이 사라졌으며
그냥 쓸 일이 있어서 썼겠지 하는 식으로
별다른 관심을 끌지 않는다

탄천을 걸을 때
바람이 조금 불면
두 가지가 싫은데
하나는 강한 냄새가 나는 것이고
다른 하나는 털 같은 것이
얼굴과 잎에 달라붙는 것이다

바람 부는 날
탄천을 걸을 때
마스크를 쓰면 좋다

강물이 흐르는 이유

강물은
바다를 포기하지 않는다고 했어
하지만
가고 싶어도 못 가는 강물이 많은 것 같아
붙잡혀 구렁텅이로 끌려가서 못 가고
온갖 것들에 먹혀서 못 가고
그래도 강물은
언젠가는 바다에 가게 되겠지
그 바다에서 신나게 놀다가 보면
갑자기 정신을 잃고
얼마간 지나고 보면
저 높은 하늘에서 놀고 있는 거야
아주 여유롭게 놀 수 있지
구름이 된 거야
최상위 팔자야
승천한 거지
그 맛에 바다를 포기하지 않는 건데
강물이 흐르는 이유
네가 그걸 알아?

탄천에 나뭇잎 떨어지고

싱그런 맛을 주던
푸르른 나뭇잎들이 힘든가 보다
나뭇가지에 매달려 버티기에는

탄천 양옆으로 줄지어 서서
언제나 아름다운 세상을 생각하게 해주었는데
그 나뭇잎들이 땅바닥으로 떨어지고 있다.

한 치의 속도 보여주지 않던
탄천 옆 불곡산의 나뭇잎들도
더 이상 고집부리지 않고
옷을 벗듯이 스스로 이파리를 떨구고 있다.

탄천과 불곡산의 나뭇잎들은
짐승들이 털갈이를 겪는 것처럼
제 이파리를 버리고 있다.
벌거숭이가 될 것을 알 것도 같은데.

백궁교에서

탄천에
다리가 참 많다.
마치 한강처럼 다리가 많다.

그중에 백궁교는
사람만 다니는 다리다
하지만 크기로 보나 디자인으로 보나
탄천 다리 중에서 제일 아름답다

밤이면
백궁교는 가장 화려하게 변신한다.
파크뷰와 펠리스를 잇고 있으며
좌우로 저 멀리 탄천을 바라보고 있고
남으로는 불곡산을
북으로는 안양, 의왕과 성남을 바라보며
밤하늘을 쳐다볼 수 있다.

이곳에 다다른 탄천은 유난히 물소리가 크다.
흐르는 물도 백궁교의 아름다운 모습에 놀랐나 보다.
시끄러운 물소리에 이명도 멈추고

나안으로 아름다운 백궁교를 지나면서
오늘도 예쁘게 지냈음에 감사한다.

새벽안개

태양은 아직 자고 있고
달도 피곤한 새벽녘
조곤조곤 떠들며 물 흘러가는 탄천 변에
짙은 안개가 드리워지면
아름답다고 하지 않겠는가?

아무도 모르는 가운데
밤새도록 버티고 힘쓰다가
더 이상 이기지 못하여
한 잎 한 잎 떨어지던
낙엽들의 구슬픈 역사를 누가 기억하겠는가?

세상이 제멋대로 흘러가고
인생도 덧없이 지나가는데
새벽안개는 이런 아쉬움을 살짝 가려주는 것 아닐까?

사람도 풍경의 하나

탄천을 따라 좌우로
나란히 밤길을 밝혀주는 가로등 불빛이
불곡산 자락에
빼곡히 들어서 있는 검푸른 나무들과 어우러져
그림처럼 아름답고 편안하다.

온종일 쌓였을 스트레스를
탄천에 흘려 버리는 듯
즐거이 걷고 있는 사람들 하나둘
또 다른 풍경으로
그 맛을 뿜고 있다.

■ 글마을시선1 최상근 제3시집

탄천을 걸으며

초판인쇄 2026년 4월 1일
초판발행 2026년 4월 1일
지 은 이 최 상 근
펴 낸 이 최 상 근
펴 낸 곳 도서출판 글마을
출판등록 2023. 08. 10(제2023-000106호)
주   소 경기도 성남시 분당구 황새울로 307
　　　　　한라시그마파크 813호(서현동)
홈페이지 https://cafe.daum.net/chldkstks
E- mail choiahnsan@hanmail.net
F　A　X 031-8039-4646
가   격 10,000원
I S B N 979-11-998330-05 03810

* 잘못된 책은 바꿔 드립니다.

MEMO

MEMO